VENTE

HOTEL DROUOT — SALLE N° 3

Le Lundi 15 Avril 1907

A 2 HEURES 1/2 PRÉCISES

ETOFFES -- TAPIS

DES XVIᵉ, XVIIᵉ ET XVIIIᵉ SIÈCLES

Gravures - Dessins - Tableaux

PORCELAINES, FAIENCES

OBJETS D'ART

<table>
<tr><td>COMMISSAIRE-PRISEUR
Mᵉ PUJOS
29, Rue de Maubeuge, 29</td><td>EXPERT
M. Robert GANDOUIN
40, Avenue Wagram, 40</td></tr>
</table>

EXPOSITION PUBLIQUE

Le Dimanche 14 Avril 1907, de 2 heures à 5 heures 1/2

CONDITIONS DE LA VENTE

Elle sera faite au comptant.

Les acquéreurs paieront 10 o/o en sus des en-
chères.

L'exposition mettant le public à même de se rendre
compte de l'état des objets, il ne sera admis aucune
réclamation une fois l'adjudication prononcée.

Dans l'intérêt de la vente, l'expert se réserve la
faculté de rassembler ou diviser les lots.

DÉSIGNATION

ÉTOFFES

1 — Petite bande soie couleur bleue tissée argent doré. Epoque de la fin du xvi⁰ siècle.

2 — Costume en velours avec ses ornements. Epoque Louis XIII.

3 — Croix en soie provenant d'une chasuble tissée argent. Epoque Louis XIII.

4 — Deux morceaux couleur rouge tissés argent. Epoque Louis XIII.

5 — Baldaquin style Louis XIV velours marron.

6 — Grand lambrequin Louis XIV fond rose, applications jaunes.

7 — Morceau de brocart couleur rouge, gros bouquets de fleurs. Epoque Louis XV.

8 — Grand morceau soie couleur prune de l'époque Louis XV.

9 — Chape fond rose, dessin argent de l'époque Louis XV.

10 — Grand morceau de brocart de l'époque Louis XV, rehaussé de fleurs soie et argent fond **vert**.

11 — Grand morceau de brocart de l'époque Louis XV, fond vert.

12 — Morceau de soie Louis XVI, couleur gorge de pigeon.

13 — Petit morceau soie Louis XVI rayé blanc et brun.

14 — Petit morceau soie Louis XVI blanc argent, dessins de fleurs.

15 — Grand morceau de soie bleue de l'époque Louis XVI, dessins fleurs blanches.

16 —· Partie de chape époque Louis XVI, broderie au point de chaînette.

17 — Morceau de soie couleur aubergine tissé argent. Epoque Louis XVI.

18 — Corsage Louis XVI et lot de soie blanche.

18 *bis* — Petite pièce en soie rehaussée d'or. Epoque Louis XIII.

19 — Jupon soie Louis XVI rayé noir.

20 — Deux rideaux soie Louis XVI.

Lot de soie Louis XVI, couleur bleue claire.

Lot de soie.

Lot de soie Louis XVI à petites fleurettes.

21 — Habit de marquis broderie de soie. Epoque Louis XVI.

22 — Lot d'échantillons.

Morceaux d'étoffes anciens.

23 — Album d'échantillons composé de morceaux d'étoffes anciens du XVI⁰, XVII⁰ et XVIII⁰ siècle.

24 — Lot de passementerie, galons anciens.

25 — Lot de glands anciens des XVI⁰ et XVII⁰ siècle.

26 — Petit carré de soie : couvre ciboire.

27 — Bande en soie couleur blanche, bouquets de fleurs.

28 — Grande bande, damas gris bleu.

29 — Lot de soie bleue claire.

Lot de petits morceaux. (Sera divisé).

30 — Deux bandeaux et un fond de chape en ancien velours d'Utrecht.

31 — Petit morceau soie fond bleu, rosaces mordorées.

32 — Coiffure, devant de corsage et parures en argent. Travail de la Bohême XVIII⁰ siècle.

33 — Coiffure, devant de corsage et parures cuivre argenté. Travail de la Bohême XVIIIe siècle.

34 — Gilet de saïs noir. Travail du Caire.

Vêtement de saïs rouge, bordure argent. Travail du Caire.

35 — Deux robes égyptiennes.

36 — Manteau en soie couleur rose. Travail Chinois.

37 — Gilet de femme brodé argent. Travail du Maroc.

38 — Gilet de femme fond rouge, broderie soie. Travail du Maroc.

39 — Cinq petites bandes. Travail du Maroc.

40 — Ecran japonais, soie broderie représentant le Dieu du Commerce.

41 — Deux feuilles de paravent en soie. Travail Japonais.

TAPIS

42 — Petits tapis du xvie siècle.

43 — Karamani du Dagestan.

44 — Tapis rond. Travail arabe.

45 — Tapis persan, applications de draps de couleurs, xviiie siècle.

46 — Tapis travail du Maroc, xviiie siècle.

46 *bis* — Grand coussin marocain, broderie soie rouge.

47 — Tapis cachemire rayé jaune et rose.

48 — Tapis cachemire fond bleu, bords à ramages.

49 — Tapis cachemire fond blanc, bords à ramages.

5o — Châle soie gris perle.

5i — Châle soie gorge de pigeon broché. Epoque Empire.

DESSINS — PEINTURES

BONARD

52 — Vue perspective d'une ville.

    Aquarelle.

BOUCHER (Attribué à)

53 — Portrait de jeune fille à la sangnine reproduit par Demarteau.

DEMACHIS

54 — Portrait de mademoiselle S...

    Dessin aquarellé, a été gravé.

ECOLE FLAMANDE

55 — Portrait d'artiste : Trompe-l'œil.

    Gouache.

ECOLE FRANÇAISE

56 — La Lanterne magique.

    Dessin sur vélin.

ECOLE FRANÇAISE, XVIIIe SIÈCLE

57 — Saint-Non (Attribué à).

58 — Souvenir d'Italie.

    Petite gouache ronde,

ÉCOLE FRANÇAISE

59 — Portrait de femme à la sanguine.

ÉCOLE FRANÇAISE XIXᵉ SIÈCLE

60 — La route du château et l'arrivée au château.

Deux petites gouaches.

FIXON

61 — Au pâturage.

Gouache. Cadre ancien bois sculpté.

BAUR (Guillaume)

62 — Petite peinture sur cuivre.

LACROIX DE MARSEILLE

63 — Le départ des pêcheurs.

Marine.

MALLET

64 — Scène de l'Opéra-Comique ; La servante justifiée.

Gouache.

PERCIER

65 — Modèle de vase.

Aquarelle exécutée pour la manufacture de Sèvres.

SAINT-NON

66 — La partie de pêche.

Aquarelle.

VALLIEN (1790)

67 — Retour du troupeau.

> Aquarelle gouachée.

68 — Cul-de-lampe, exécuté pour l'histoire de la République Batave.

> Aquarelle, XIX⁰ siècle.

69 — Vue du lac de Neuchatel.

> Miniature sur ivoire, époque Louis XVI.

LEGROS (L.-J.) (1816)

70 — Miniature ovale : portrait de femme.

> Aquarelle.

GRAVURES

KAUFFMANN (d'après Angélica)

71 — Pomona et Winter.

Deux pendants.

BONNEFOY

72 — Honny soit qui mal y pense, d'après Boilly.

BONNET

73 — Etude des trois Grâces, de Carle Van Loo.

Imprimé en trois tons à l'imitation du pastel.
Belle épreuve.

CHAPONNIER

74 — L'Amour couronné par les Grâces, d'après J.-B. Huet.

ECOLE ANGLAISE

75 — Le doux entretien interrompu.

GÉRARD (H.)

76 — Le sacrifice à la rose, d'après J.-H. Fragonard.

GODEFROY (J.) (1817)

77 — Le Congrès de Vienne, d'après Isabey.

Belle épreuve.

HABLON (Louis) (1770)

78 — La crédulité sans réflexion, d'après Scheneau.

HARLESTON

79 — Les amants surpris, d'après Baudouin.

HUET (Attribué à J.-B.)

80 — Le Colin-Maillard.

Dessin rehaussé d'aquarelle a été gravé.

PERNET ? (D'après)

81 — Vue d'une fontaine monumentale.

Gravure coloriée.

PETIT

82 — Ah ! ah ! qu'il est sot, d'après Boilly.

83 — Passage du ruisseau, d'après Granier.

VOGARD (E.)

84 — Le maréchal des logis, d'après Borel.

85 — Le Tonneau et son pendant, chez Martinet.

Deux pendants.

86 — Vue des environs de Sartrouville, gravure en couleur n° 429, chez Bonnet.

87 — Misère et vanité, gravure en couleur, imprimée chez Martinet.

Du musée grotesque, n· 22.

SCULPTURES

88 — Le vœu sacré.

> Bas-relief en pierre de lave.

CLODION (D'après)

89 — Deux-bas reliefs en bronze, demie-ronde-bosse : Nymphes.

> Belles épreuves.

90 — Bas-relief ovale en bronze de style Louis XVI.

> Cadre bronze doré.

91 — Deux statuettes : Evangélistes.

> Bois sculpté. XVIII° siècle.

NAVLET

92 — L'éducation d'un jeune satyre.

> Terre cuite.

93 — L'Amérique et l'Afrique.

> Deux terres cuites du XVIII° siècle, modèles pour les fabriques de Saxe.

PORCELAINES, FAIENCES

94 — Deux bouts de table anciens de l'époque Louis XV, formé chacun d'une terrasse en bronze ciselé et doré d'où partent trois tiges garnies de feuilles et fleurs en porcelaine de Saxe et terminées par trois porte-bougies, sur chaque terrasse une statuette en ancienne porcelaine de Saxe, la petite vieilleuse et le joueur de musette.

95 — Pièce de surtout de l'époque Louis XV, monture en bronze ciselé et doré garni de fleurettes en ancienne porcelaine de Saxe, le socle en bronze supporte une statuette de femme en ancienne porcelaine de Capo di Monte. Parties restaurées.

96 — Deux plats anciens en faïence de Delft, décor polychrome.

97 — Deux petites statuettes en porcelaine blanche : La cueillette des pommes.

98 — Petite peinture sur porcelaine représentant des fleurs.

98 bis — Dessus de boîte en ancien émail de Saxe.

LE BLOND (1861)

99 — Deux plaques en porcelaine de Sèvres, de forme ronde, décorées de fleurs.

100 — Quatre tasses et leur soucoupe en ancienne porcelaine de Chine.

101 — Petite bouteille en ancienne porcelaine de Chine, décor bleu sur blanc, monture en bronze.

102 — Vase en porcelaine blanche vieux Saxe.

OBJETS D'ART

103 — Six petites cuillières à sel.

104 — Petit miroir applique à deux lumières, en bois sculpté de l'époque Louis XV, orné de quelques fleurettes de Saxe.

105 — Jumelles en ivoire, parties émaillées et dorées.

106 — Cinq médaillons dorés.

107 — Jeu d'échec en cristal taillé, époque Louis XVI.

108 — Cinq jetons de présence en argent.

109 — Bonbonnière en bronze gravé et doré. Style Louis XVI.

110 — Paire de bougeoirs porcelaine ancienne de Chine bleu fouetté, monté en bronze doré à l'époque du Consulat.

111 — Paire de flambeaux bronze de l'époque Louis XVI.

112 — Grand fauteuil en bois sculpté, époque Régence.

113 — Table ovale en bois de rose, dessus marbre. Style Louis XVI.

ÉCOLE ITALIENNE XVIIe SIÈCLE

114 — Rebecca à la fontaine.

Cadre bois sculpté et doré.

ÉCOLE FRANÇAISE XVIIe SIÈCLE

115 — Vierge et enfant, ovale.

Cadre bois sculpté et doré.

116 — Sous ce numéro : objets omis au catalogue.

RED. :

17

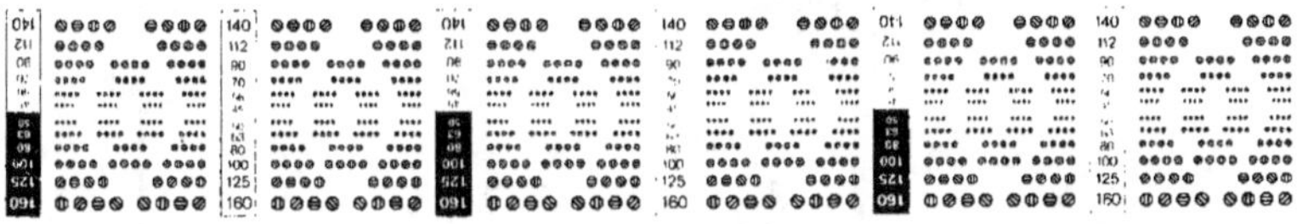

3/9.83./0
graphicom

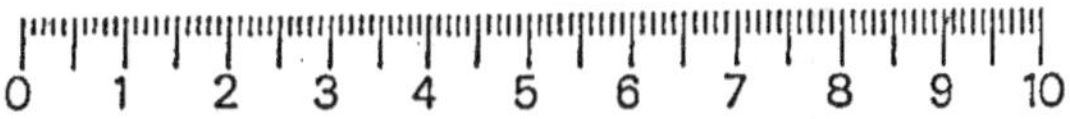

0 1 2 3 4 5 6 7 8 9 10

BIBLIOTHEQUE NATIONALE DE FRANCE

****

CHATEAU DE SABLE

1996